내 나름대로의
사랑

저자_ **이경은** 1975년 출생
안동대학교 통계학과 졸업
㈜천재문화 근무

내 나름대로의 사랑

순간순간 시(詩)로 마음을 멈추다

이경은 지음

머리말

창밖이 아름다울 때 생각나는 사람이 있다.
비가 오는 날 너무나 그리운 그런 사람이 있다.

내가 사랑하는 많은 사람들과
나를 사랑해 주는 많은 사람들을
자꾸만 잊을 때가 있다.
나를 위해 그 사람들을 기억하고 싶다.
사랑하는 모든 사람들을 떠올렸지만
모두 담지 못해 아쉽다.

사랑하는 내 나름대로의 방법으로
그들을 영원히 사랑하고 싶다.

목 차

내 나름대로의 사랑

내 나름대로의 사람

짧은 행복

어딘가를 멍하니 바라보고 있을 때가 있다.

깊은 생각에 잠겨 있지만
무슨 생각을 하고 있는지 모르는 때

눈에 힘이 들어가 있는데
아무것도 보고 있지 않은 시선

멍하니 그냥 앉아 있을 때가 있다.

그러다 고인 눈물 바람에 흩어지고
나도 모르게 지어진 미소에 정신을 차린다.

잠시나마 너무나 행복한 순간이었다.

네 이름 석 자

낡은 수첩
그 위엔 아직도 뚜렷한 이름 석 자

철없던 시절
그 시절의 추억을 뒤적거리면
어디나 그 이름 석 자가 있다.

한순간

하루 종일 기분이 괜찮았는데
누군가의 말 한마디로 무너져 내린다.

오늘 하루는
그 한순간밖에 없었던 것 같다.

바로 그 사람

사랑하고 싶은 사람이 있다.
사랑 받고 싶은 사람도 있다.
바로 그 사람

눈빛이 그리운 그 사람

기다린다.
나에게를 위해
그러다 지치면 금방 포기해 버릴까봐
그것이 가장 겁난다.

그 사람의 눈빛이 그립다.
마주 보고 있고 싶다.
그저 눈빛을 보고 마주 보고만 있어도 좋을텐데
그것만으로도 난 조금도 힘들지 않을텐데

하지만
기다린다.

그저 간절한 거다

찹찹한 마음으로 오늘은 펜을 들었다.

내 맘속에 자꾸만 커져 가는 한 사람을 생각하며
긴 편지 한 편을 썼다. 마음 가는 대로
결론은 사랑한다고.

내 마음 이제는 좀 추슬러야겠다는 생각이 든다.
이러다 걷잡을 수 없을 정도로 사랑이 커 버리면
난 감당하기 힘들어질 테니까
그리고 나만 더 비참할 테니까

그 사람의 지금의 마음
확인하고 싶은 건 아니지만
그저 간절한 거다.

이렇듯 애달아진 내 모습
그저 멀지만 않았으면 한다.

내가 지치지 않길

사진 속에 너

지금 넌 내 앞에서 웃고 있어
사진 속에서

기쁜 일이 있으면
너에게 편지를 써서 알려 주고 싶고
안 좋은 일이 생기면 왠지 기대고 싶어

하지만
늘 네 앞에만 서면
웃음으로 위장되어 버리는 나

언젠가 너를 통해 아주 잠깐 동안 느꼈던 그 기분
참 괜찮았었는데
너도 내게 호감이 있구나 하며
내일은 더 좋은 일이 생길 것 같은 기대와 함께

그 잠깐의 기분
지금 방금의 생각
혹 나만의 생각일지도 모른다는 불안

그래도 믿는 거다
넌 항상 내게 웃고 있으니까
사진 속에서라도.

그의 생일

달력 한 장이 뜯겨져 나간다.
파랗게 색칠된
한 숫자가 눈에 들어온다.

그래. 그의 생일이구나.

올해 초, 조금은 들뜬 마음으로
달력 정리를 하며
그날은 내가 그의 곁에 있길 바라는 마음으로
파랗게 색칠을 해 놓았던
그렇게 기다린 그의 생일이다.

이제 21일 남았구나.
이젠 들뜨지도 기다려지지도 않는다.
그날
그의 곁엔
다른 사람이 있을 테니까

파란 아침이 밝았다.
축하 메시지라도 남길까 전화를 들었다가
그냥 놓고 만다.

오늘 하루를 까맣게 칠하며
나 혼자 그의 생일을 축하한다.
이 세상에 그가 났음을 축하하며
지금 그의 곁에 있는 사람을
열심히 사랑하라고

잘못된 사랑

사랑하는 친구 !
너의 사랑을 내가 느끼며
왠지 모르게 느껴지는
마음 한구석의 쓰라림

너의 마음을 내가 알기에
더욱 가눌 수 없는
나의 잘못된 사랑

그의 처음부터 네가 있었다면
난 겨우 나의 처음인 걸

너의 마음에도 그가 있기에
어쩔 수 없이 작아져 버린 나의 설레임

그러기에 더욱 가슴 아픈
묻어버려야 하는 …

넌 내게 소중하기에.

이슬 고인 모습으로

널 향하는

나의 큰 웃음

갈등

한 남자를 좋아하고 있었다.

남보다 특별히 잘난 것도 없고
남들은 아니라지만
내겐 잘생긴 한 남자를

그 남자 입에서
내 이름이 불리면
그날은 기쁘다.

나 혼자선
여러 가지 생각을 한다.
이렇게 저렇게 이뤄 갈 내 꿈속에
그 남자가 같이 계획된다.

난 그 남자를 좋아하고 있었다.

그런데
다른 한 남자가 날 좋아한다.

여러 달 후 난 이 남자에게로 간다.

내 맘속 그 사람을

묻어 두고

이젠 내 꿈들이

이 남자와 같이 계획된다.

너도 나만큼 바보구나

난 너의 마음 속에 있는 그녀를 보고
너에게서 고개를 떨궜는데

넌 왜 혼자인 거니

그토록 간절하던 내 마음을
그녀를 향한 네 마음을 보고
난 그렇게 어렵게 닫았는데

그년 왜 딴 사람과 함께냐구

이 바보 같은 친구야!
너도 나만큼
바보구나

난 이미 너에게 갈 수 없는데

노송의 노화

하루를 살다가 사라져 가는
하루살이의 삶 속에도
희망이 있고 꿈이 있고
삶의 목표가 있다.

천년을 변함없이
비바람 속에 고뇌하던
노송의 노화

그속엔
그들이 간직한 향기가 있다.

좋은 하루

드디어
나도 휴일이라고 데이트를 하게 되었다.
내가 좀 늦긴 했지만
부시시한 날 보고 웃어 주었다.

제목도 기억나지 않는 외화 한 편과
딴엔 괜찮았던 비트를 보았다.
안동댐까지 걸어갔다.
1004 커피숍에 앉아 있었다.
풍경이 참 멋있었다.

그의 정말 멋있는 목소리도 들었다.
그 뒤로는 아직 들어 보지 못한

버스 시간이 남아
정류장 건너편 인도에 서서 이야기를 했다.
그 시간이 재일 아니 제일 괜찮았다.

좋은 하루였다.

지금 생각해 봐도 흐뭇하다.

같은 볼펜

40분을 기다려 널 만났다.
내가 기다리고 있었다.
참 좋았다.
내가 기다린다는 것이

우린 같이 같은 볼펜을 하나씩 샀다.

어제 저녁 너한테 편지를 썼었다.
근데 오늘 주지 않았다.
오늘 또 쓴다.
이 볼펜으로
내일은 주어야지
무지 기뻐했으면 좋겠다.

이렇게
작게나마 같이 사서 가지고 있다는 것이 좋다.

어느덧

참 바쁜 크리스마스였다.
그렇게 보낸 너와의 크리스마스
멀리서 서로를 축복하며

크리스마스가 지나고 나서야
그가 내게 정식으로 데이트 신청을 했다.
영화 보자고
내일은 너와 영화를 본다.

넌 가끔 참 날 헷갈리게 하고
분주하게 하지만
그래서 가슴 아프긴 하지만

그래도
어느덧 나의 이상형이 되어 버린 너

아무 때나 생각나는 너

비가 오면 가장 먼저 생각나는 사람이 있다.
사람 많은 길가에서
우산 하나 받쳐 들고
시간 가는 줄 모르고 하염없이 나누던 이야기

눈이 오면 어슴푸레 떠오르는 사람이 있다.
같이 눈을 맞으며
발을 동동 굴리며
함께 추위를 달래던 기억

차를 놓치면 찾게 되는 사람이 있다.
미안한 마음으로 눌려지는
낯익은 전화번호
그래서 찾게 되는 사람이

밤 12시를 넘기며 잘 자고 있는지
궁금한 사람이 있다.
좋은 꿈 꾸라고

이렇게

오며 가며 문득문득 생각나는 사람은

모두 너야

바로

너

서로에게 묻어가는 시간

커피숍에 마주 앉아
서로에게 편지를 쓴다.

고개를 숙이고 무엇인가를 열심히 쓰고 있는
그의 모습이 아름답다.

헤이즐넛 커피향과 함께
서로에게 묻어가는 시간

서로에게 건네는 사랑 묻은 편지

한 잔의 커피와
한 장의 편지
거기엔 사랑이 있다.

좋아지고 있는 너

요즘 들어 눈물이 무척이나 많아진 나
그만큼 네가 좋아진 것일 게다.
이젠 정말 내 맘속에 들어와 버린 것 같은 기분

이제 조금은 너에 대해 알 것 같지만
아직은 그래도 잘 모르겠다
나도 네가 좋다는 것
그만큼 네가 멋있다는 것밖에는..

이토록

이상하게 어제 오늘 참 울적하다.
아파서 더 그렇다.

연락이 뜸하다는 것. 그래서 기다린다는 것.
애가 탄다는 것
속상하다고 해야 하나

지금 너의 모습이 어떨지 궁금하다.
그리고 보고 싶기도 하다.
못 본 지도 열흘이다.

내 맘을 다시 되돌아보게 된다.
내 마음이 어떤지

이렇게 조여드는 내 마음을
어떻게라도 해 보고 싶기도 하다.

하지만 중요한 건
  그래도 사랑한다는 것.
      이 토 록 • • •

내 나름대로의 사랑

내가 좋아하는 것들

'소망'이란 단어를 참 좋아한다.
우스꽝스러운 일이 불현듯 생각날 때
　살며시 생겨나는 엷은 미소를 좋아한다.
내가 힘이 들 때 쳐다보아 주는
　따뜻한 눈빛을 좋아하고
내가 지쳤을 때 다가오는 따뜻한 손길을 좋아한다.
내가 낮아져도 부수어내리지 않고 인정해 주는
　아니 씩 그냥 웃어 넘겨주기만 해도 좋다.
이별 내용의 노래 가사에 흥미가 있다.
그러나 열띤 사랑의 내용엔 가슴이 콩닥거린다.
흘러나오는 노래에 귀를 파묻고
　머릿속은 회상에 잠겨 있는 것도 괜찮다.

사랑이 남아 있는 자리
내 나름대로의 사랑으로 남아 있는 자리가 그립다.

버스 밖의 세상

전깃줄 위 까맣게 앉아 있는 비둘기 떼
흐린 하늘 밑 밝은 미소를 머금은 아이
비디오테잎 하나 들고 걸음을 재촉하는 한 청년
아장아장 종종 걸음을 걷는 한 노인
이른 아침 가방 메고 어슬렁거리는 교복 입은 학생
어른들 사이에서 손을 번쩍 들고
　횡단보도를 건너는 어린아이
걸어다니며 전화하는 젊은 남자
행복한 웃음으로 모닝커피를 즐기는
　쇼윈도 안의 두 여자
"이 차엔 아이가 타고 있어요."를 붙이고
　과속하는 승용차

한 아저씨가 이 버스 옆을 절뚝거리며 지나가고
아주머니 두 분이 열심히 호박을 파신다.

은은한 하루

학교로 가는 고속버스 안에서
밖으로 흐르는 아침 거리를 보며
오늘도 난 이렇게 하루를 시작한다.

어제는 한 할머니께서 아침부터
거리에 혼자 앉아 그 매운 소주를 마시더니
지친 그 할머니께서 지금은 그냥 멍하니
어제 그 자리 바로 조금 옆에 앉아 계신다.

거리엔 차들이 만원인데
차 안은 너무도 허전하다.

내려서 전화카드 두 장을 사야지
예쁜 걸로 줬으면 좋겠다.

오늘의 시작은 너무 은은하다.

더 크게 웃는다

친구가 미워질 때
난 이렇게 한다.

난 아무것도 하지 못한다.
내 마음엔 미움밖에 없기 때문에

그 미움보다 더 큰 주님의 사랑이
날 그 친구 앞에서 웃게 하신다.

그래서 난 그 친구 앞에서 웃는다.
내 안엔 미움밖에 없었지만
그보다 더 큰 사랑이 그 미움을 녹였기에

친구가 더 미워질수록
난 더 크게 웃는다.
그 친구도 같이 이 사랑으로 녹을 수 있을 때 까지

그래서

난 웃는다.

주님의 사랑으로 인해

그래서 난 웃는다.

주님이 날 향해 웃으시는 것 처럼

그런 사람이

나도 별과 같은 사람이 될 수 있을까
외로워 쳐다보면
눈 마주쳐 마음 비추어주는
그런 사람이.

나도 꽃과 같은 사람이 될 수 있을까
아름다움과 향기를 전해주고
꺾어져 말리우면 은은함과 멋을 줄 수 있는
그런 사람이.

나도 샌드백과 같은 사람이 될 수 있을까
기분이 풀릴 만큼 한없이 맞아주고도
한 대 더 맞아 줄 수 있는
그런 사람이.

나뭇가지에 달려 아름다움을 전해주다
떨어져 좋은 소리 내며 밟힐 수 있는
그런 낙엽 같은 사람이 되고 싶다.

늘 모든 일에 감사하며
항상 기뻐하며
기도하며 살고 싶다.

늘 언제나 웃으며 말이다.

우산

비가 온다.
갑작스레 오는 비에 지하철마다
우산 파는 아저씨들이 바쁘게 드나드신다.

우리가 가진 우산에는 보통 살이 8개인데
아저씨가 파는 우산에는 살이 16개라고 한다.
사람들은 살이 많으면 싫어하는데
우산은 살이 많은 게 좋은가 보다.

당신을 위해 웃는다

밝게 살고 싶지만 그러고만 싶지는 않다.
착하게 살고 싶지만 그렇게만 살고 싶지도 않다.
모두에게 잘해 주고 싶지만 그렇지 않을 때도 있다.

하지만 그렇게 산다.
많은 사람과 있다 핑 눈물이 돌 때면
한참 멍하니 그대로 있다가 슬그머니 눈물을 닦는다.

당신의 사랑에 대한
그 보답으론 턱없이 부족하지만
조금이라도
아주 조금이라도
당신에게 기쁨이고 싶어서

난 단지 노력할 뿐이다.

아직까지

버스 통학 경력이
어느덧 11년째다.

버스 안에서의 내 생활이
이젠 나의 일부가 되었다.

초등학교 6학년 때의 일이다.
나는 평은에서 내려야 하는데
그만 잠이 들었다.
내 옆에 앉으셨던 아저씨께서
내 표를 보시고는 평은이라고 깨워 주셨다.
허겁지겁 일어나 내리다 보니
그 아저씨께 감사하단 인사를 드리지 못했다.

급하게 내리느라 "고맙습니다." 말 한마디
하지 못한 것이
그것이 아직까지 후회가 된다.

역시 초등학교 다닐 때다.
만원인 버스 복도 쪽에 앉아 있는데
할머니 두 분이 타셨다.

내 옆에 앉았던 예쁜 언니가 일어나더니
자리를 양보해 주며 할머니 두 분을 앉혀 주시고는
나를 그 중간에 끼어서 앉게 하셨다.
그리고 초콜릿 한 조각을 주셨다.

불편했지만 참 많은 것을 느꼈다.
그 언니의 미소가 아직까지 따뜻하다.

자녀답게

아침에 같이 눈을 맞으며 교회로 갔다.
펑펑 함박눈이 오던 날

예배 마치고 돌아오는 길
그는 내게 말했다.
"나, 가!"

힘들겠다며 내 걱정을 한다.
사실 더 힘든 건 그 쪽인 걸

주님의 일을 하러 주의 종이 갑니다.
많은 일이 생기지 않는 것보다
더 많은 일을 만들어서
기쁨으로 주님과 함께하게 하소서.

주의 자녀답게

커피 발자국

버스를 기다리고 있다.

누군가 의자 밑에 커피를 쏟아 놓았다.
다른 누군가 모르고 그냥 의자에 앉는다.
웃으며 통화를 하고 있다.
발은 보지 않는다.
자꾸 신경이 쓰인다.

서울 말투를 쓴다.
서울 가는 버스를 기다리나 보다.

나도 모르게 자꾸 그 사람의 발을 보게 된다.
일어나서 걸어간다.
커피 발자국을 찍으며..

모르는 것 같다.
그 사람은 모르는데 나는 이렇게 신경을 쓴다.

7년의 기다림의 결실

행여 내 그릇이 작지나 않을까 걱정이다.
널 담을 수 있는 그릇 말이야.

내가 마련한 네 자리가 너무 좁아서
네가 답답하지나 않을까 걱정도 되고
이제껏 나 자신만으로 채워 왔던 그 자리에
누군가를 맞이한다는 게 낯설어 두렵게도 느껴진다.
나의 욕심으로 네가 뛰어다닐 넓은 세상에
나만의 좁은 울타리를 치는 건 아닌가?

허물을 벗고 날아오른
매미의 그 짧은 며칠간의 날개짓을
흔히들 7년의 기다림의 결실이라고 한다지
남들에게 듣기만 하던 이야기가
이젠 나의 이야기가 되어 줄까?

내 마음을 두드려 준 네게
고맙다는 말을 하고 싶었다.
넌 내게 사랑하는 사람이고 고마운 사람이다.

괴로워하지 마
대신 날 사랑해 주면 되잖아.
아침에 만날 너의 웃음 속에
그 순수의 괴롬이 깃들어 있지 않기를

그럴 때 생각나는 사람

여기저기 부딪혀 힘들 때
가 있다.

그럴 때 생각나는 사람
이 있다.

나의 몫

다른 일들도 마찬가지겠지만
사랑도
내가 좋아하고 있는 시간만큼은 충실하고 싶다.
내 마음속에 다가온 사람에게
해 주고 싶은 만큼만 해 주고
내가 그 사람에게 바라는 만큼만 대해 주고 싶다.
내가 먼저 마음을 열고, 한 발 다가서는 편이
당장은 쑥스럽고 가슴 떨리는 일이지만
마냥 가슴앓이만 하고 있는 것보다는 나을 것 같다.

선택이라는 건 너 스스로의 몫이고
내가 널 좋아하는 건
지금 내게 주어진 나의 몫이기 때문이다.

너는 나의 7년 동안 가장 소중하고 사랑했던
한 사람으로 남을 것이다.
아마 10년쯤 후엔 '추억'이라고 하겠지

힘든 하루

힘든 하루였다.
내가 너를 향해 흘린
마음의 눈물만큼도 안 되는
나에 대한 너의 마음이
부서질까 봐

웃음은 지웠지만
나 자신이 원망스러우리만큼
자책도 했고, 마음도 태웠다.

아직 네가 던진 돌멩이에 일렁이는 물결이
내 맘의 호수에 출렁이고 있는데
문득 불안한 생각을 떨쳐 버릴 수 없다.

너를 향한 내 마음의 표현은
네게 충격이겠지만
네가 행여 마음 아파할까 봐
내 자신이 거짓말쟁이가 되고

위선자가 되어야 한다는 건
내겐 또 다른 돌멩이였다.

오늘은 참 힘든 하루다.

잠든 사랑

그대의 사랑은 잠이 들어
아무도 보지 못합니다.

빗방울이 나려 무지개를 만들어도
바람이 날아와 창을 두드려도
노래가 흘러와 귀를 간지려도

그대는 아무것도 느끼지 못합니다.

사랑이 잠든 그대를
나는 사랑합니다.

아기 사랑

사랑을 하면서 나는 아기가 되었습니다.

누군가의 말 한마디에 까르르 웃고
굴러가는 쇠똥에도 웃음보가 터진다는
아기가 되었습니다.

너무도 솔직해서 울음을 잘 참지 못하는
아기가 되었습니다.

작은 일에 좋아지고 싫어지는
나는 아기가 되었습니다.

희망

시간의 흐름 속에 모든 게 퇴색되고
내가 믿었던 영원한 사랑도
자꾸만 퇴색되어 가는 것 같다.
여기 쓰인 글씨들도 언젠간 빛바래져 가겠지

하지만
세월의 흐름 속에 빛바래지 않는 게 있다.
그건 바로 내일이라는 것과 희망이다.

희망
불안한 마음도 있지만
내가 움켜쥐고 흘리는 땀방울만큼은
헛되지 않고 이루어지리라는 희망
외로움과 싸우며
나 자신을 먼저 이기기 위해 이빨 부딪혀 싸우는
치열한 삶 속에 그게 있다.
'희망'

한 시간 더 자고 싶은 생각
한 가지 더 갖고 싶은 욕구
한 번 더 보고 싶은 얼굴
수많은 희열들이 있지만
마음 가는 대로 몸을 내맡길 수 없는 건
아직 그 희망을 버릴 수 없기 때문이다.

열병

얼마 동안의 장마가 그치면
무더운 여름 속으로 묻히겠지

그 속에서 우린 또 그렇게
여름을 헤치며
인생이라는 열병을 체험하며
몸서리를 쳐야겠구나

이젠 '열심'이란 한마디가
유일하게 날 믿어 주겠지

침착하게 나아가자꾸나

마음속에

마음속에 우산 하나를
준비했다.
마음이 슬픈 일이 많기
때문이다.

마음속에
약도 준비해야 겠다.
마음이 아플 일도
있을 것 같아서

사랑이란

세상을 살아가는 모든 사람들이
한 번쯤은 다 느끼는 감정

지금도
자신만큼 나를 아껴 주시는 분들이 있으므로
내가 살아가는 데

물론 그분들의 사랑에 비할 바는 못 되지만
너를 향한 내 마음도
사랑이다.

웃음을 희망하며

웃고 싶었는데
  예전 같은 웃음이 안 나온다.
조금 더 지나야 할까 보다
언젠가 이런 나의 모습에서
벗어나겠지

밖은 어둡고 상쾌하다.
내가 차분하고 무거워졌다.

모든 것을 자신이 먼저 해 준다는 것은 좋은 것이다.
먼저 사랑해 주고, 말 걸어 주고, 전화해 주고
먼저 다가간다는 건
기쁨으로 남는 사람도 있겠지
난 끈기가 없나 보다.

웃어야 된다는 건 알아.
친구 방에 걸려 있던
'마음을 다스리는 글'이 생각난다.

안개가 되어

아침잠이 많은 내가
새벽에 잠이 깼다.

창문을 열었다.
안개가 자욱하다.

누군가의 말처럼
나를 가장 그리워하는 사람이
지금 안개가 되어
이곳 창문가에 서성거리고 있는 것인지

문득 떠오르는 사람이 있다.
너무도 그리운 사람이 있다.
나도 안개가 되어
그 사람의 창가에
서성이고 싶다.

사랑합니다

당신을 사랑합니다.

밤하늘의 달만큼 사랑합니다.
보름달이 될 때까지 계속 커지는

하늘의 햇님만큼 사랑합니다.
보름달만큼 커지면
더 이상 작아지지 않고
눈부시게 빛이 나도록

당신을 사랑합니다.
햇님을 닮은 해바라기처럼 사랑합니다.
눈이 부셔도 부서지지 않고
늘 바라보는 해바라기처럼

화려한 장미꽃처럼 사랑합니다.
화려하게 화려하게 사랑하지만
가시가 많아 다가갈 수 없는
슬픈 장미꽃처럼

당신은 단 한 가지

비가 오면 우산을 받쳐 줄게요
바람이 불면 반대쪽에서 선풍기를 틀어 줄게요
심심할 땐 춤을 추어 줄게요
밤이 되면 자장가를 불러 줄게요
눈이 내리면 눈사람을 만들어 줄게요
피곤하면 나무를 베어 드릴게요
목이 마르면 우물을 파 드릴게요

당신은
내게 웃어 주세요

언제나 네 곁에 있어

밤이 되면 혼자 울다가
다시 아침이 되어
아무렇지도 않게 웃고 있는 네가 안쓰럽구나

네 옆엔 참 좋은 친구들이 많잖아
그들에게 가려서 내가 보이지 않아도
난 …

하지만 난 널 사랑한다

하루 24시간을 보고 있어도
졸리지 않는 눈으로 널 바라볼 수 있을 것 같은데
넌
그런 내 마음을 부담스러워한다.
지나가다 이쁜 것만 보면
"저건 너에게 있어야 어울릴 것 같다."
이런 생각조차 망설이게 할 만큼
어쩌면 목석같이 보이는 널
하지만 난 널 사랑한다.

네가 가지고 있는
조금은 남이 보기에 촌스러운 수수한 모습을
사랑한다.
비록 화려하진 않지만
내가 보기엔
눈꺼풀이 떨릴 만큼 아름답다.

조금은 억척스럽게도 보이고
씩씩하게 웃음 짓는 모습이
때론 가슴 아프게 하지만
어쩌면 고통을 느낄 만큼
사랑하고 있는 것일 게다.

고통스런 장난

이미 가슴에 꽂힌 화살에
몸조차 가누기 힘들다.
이미 내 뇌리 속에서
최상급이 되어 버린 널
지우려 할수록 마음은 더욱 푸르게 짙어져 간다.

네가 어떤 모습이든
어느 바보 같은 한 녀석에겐
세상에서 가장 아름답고, 사랑스럽다.
그 녀석도 행복한 놈이다.

비록 눈으로 볼 수는 없지만
사랑이라는 게 얼마나 강한 힘인가
어쩌면
우매한 나에게 뭔가 가르쳐 주려는 기회인지도

생각 같아선 아주 영원히 너를 사랑할 것 같은데
내일이 어떠할지 알 수 없는 것이 인간이라
그런 부질없는 말은 못 하겠고
적어도 내일 아침에 떠오른 태양이
서산으로 기울 때까지는
사랑한다.

그리고 매일 저녁 기도를 한다.
내일도 행복한 밤을 달라고

그곳에서 오는 향기

빨간 장미꽃 한 아름의 향기가 가득한
병실에서
밝게 드리운 웃음이 아른합니다.

흩날리는 나뭇잎이 보이는
창밖으로
파란 순수한 미소를 떠올립니다.

국화차 향내를 맡으며
언제나 나는
당신을 기억합니다.

화이트 크리스마스를 꿈꾸며

당신은 나의 거울입니다.
당신 앞에 서면
나를 속일 수가 없어요.

당신은 나에게 빗방울입니다.
온 세상을 적시듯
나에겐 눈물입니다.

겨울 밤
차갑지만 너무나 깨끗한 밤하늘을 보며 생각합니다.
이렇게 맑은 하늘만큼
맑고 착한 영혼을 가진 당신을
사랑한다고

이번엔 화이트 크리스마스가 되길 바라며

괴테를 떠올리며

쓸쓸히 상처를 기르고 있다는
괴테의 말이 생각난다.
한탄은 계속 새로워지고
잃어버린 행복을 슬퍼한다는

그 아름다운 날
누가 가져다줄 순 없지만

나중에 지금을 추억할 때
슬프지만 아름다웠으면 좋겠다.

진정한 강함

약한 자의 콤플렉스
내가 날 사랑하는 이유

진정한 강함과 약함은
마음의 흔들림이지
결코 겉으로의 모습은 아니다

양파가 울린 날

오늘은 참 바쁜 하루였다.
지금은 좀 조용하다.

차라리 많이 아팠으면 했는데
바빠서 아플 시간도 없이
오늘 또 하루가 지나간다.

그 와중에도
하루 종일 한 가지 생각이 맴돌았다.
결론도 없는

오늘 양파가 날 울렸다.
양파를 가는데 왜 그렇게 눈이 따갑던지
예쁜 눈에 얼룩이 지고 말았다.

점점 괘씸해진다.

불쌍한

아니

바보 같은

나

인형

인형! 귀엽지?

널 많이 닮은 것 같아
내 곁에 두고 싶지만
나보다는 네게 있어야 더 이쁘게 보일 것 같다.

벌써 일주일이나 주인을 찾지 못하고 있는
녀석의 웃는 듯한 표정 속에
왠지 내 마음보다 더 서글픈 고소가
담겼는지도

그래도 나보다는 행복한 놈이다.
네 옆에 있을 테니까

풀이 죽어 있는 모습보다
이슬 맞은 풀잎마냥 싱싱한 네 모습이
때론 가슴 쓰리게 하지만
그래도 난 네 웃음을 사랑한다.

산뜻한 날씨

꿈속에 나타난 너
마음이 어수선하고, 기분도 어수선하다.

날씨가 참 좋을 것 같다.
이른 아침의 공기가 산뜻하다.

넌 내가 생각했던 것보다
훨씬 강인한 아이다.
네가 원했던 그 시간이라는 거
빼앗지 않도록 노력할게
시간이 걸리더라도
상처 난 마음으로 살아가지 않았으면 좋겠다.

오늘은 날씨만큼 네 얼굴에
밝은 미소가 깃들었으면 한다.

작은 난파선

바람처럼 정처 없이 떠도는 인생이라면
푯대 없이 그 흐름에 맞게 몸을 맡길 테지만
그것 때문에 삶의 순간을 애태우며 살아가는데

벌써 거친 파도와 싸우고 뒹굴던
한 해가 저물어 간다.
아직 가고자 하는 그 미지의 땅에 이르려면
수십 번의 격랑과 수십 번의 폭풍을 견뎌야겠지만
지금은 잠시 돌아봐야 할 시간이 된 것 같다.

인생!
모든 삶은
저마다 푯대 없는 바다 위로 던져진
작은 난파선이겠지

어느 누구도 가 본 적이 없어
어느 방향으로 나아가야 이를 수 있을지도 모른다.
그래서 공평한 게 아닐까?

순풍도 있고, 역풍도 있고
때론 폭풍도 있겠지

어쩌면 모든 게 나와의 싸움일 테지만
지금은 도움이 필요해
너의 도움

여백

자취방에서 혼자 고독을 즐기다
배가 고파
냉장고 문을 열었는데
안이 비어 먹을 것이 없을 때
더욱 고독하다.

가슴까지 시리도록 아픈 날
마침 걸려온 전화
아픈 몸 위로 받고 싶은 사람이길 바랬는데
엄마다.
"난 안 아프고 잘 지내죠. 걱정 마세요."
끊어진 전화음에 눈물이 흐른다.

눈물이 나도록 재미있고
배꼽이 빠지도록 즐거운
TV 쇼 프로그램을 즐길 땐
혼자 있는 것이 더욱 눈물겹다.

2002년

한국이 이탈리아를 이겼을 때

혼자였던 것처럼

비어 있는 우산처럼 처량하다.

힘겨운 노력

오랜만에 튜닝을 했다.
화장도 예쁘게 하고
옷도 예쁘게 입었다.

힘차게 문밖을 나섰다.
어디로 갈까?

사랑하고 싶다.
사랑도 노력해야 하는 건가 보다

여운

어제의 엄청난 여운
아직까지의 미로

생각하면 조금씩 미소가 난다.

오늘은 싱숭한 날이었다.
지금도 그렇다.

그 사람의 냄새

담배 피우는 거..
싫다.

그 사람이 담배를 피운다.
담배 냄새가 나면 그 사람 생각이 난다.

담배는 싫은데
담배 냄새는 좋다.

상처

요즘 내가 이상하다.
상처를 받았나 보다.

마음에 상처를
그것도 아주 크게
큰 충격에 의해 큰 상처를..
어쩐지 예전의 내가 아니더라니

나에 대해 생각해 본다.
많이 힘들다.
　요즘은 언제까지일까?

세상을 보는 눈

마음속에 일어나는 파문에
잠을 이룰 수 없는 밤이다.

10원짜리 동전 두 개로
다 덮을 수 있는 눈인데
그 눈의 조화가 시인을 만들고
사랑을 만든다는 것이 신기하다.

나를 숨길 수 있는 하나의 벽이 무너지면
세상이 새롭게 보이는데
어쩌면 그 벽이란 게 눈을 가리고 있는
10원짜리 동전 같은 느낌이 든다.

세상을 파란빛으로 보려면
눈동자 크기만한 두 장의 색지면 충분하다.

더 이상 세상을 파란 물감으로 칠하지 않아도 된다.

세상을 보는 마음

며칠 전
겨울 바다를 보고 왔다.

차다.

하지만 바다는
햇살에 눈이 부셨다.

기다림

오늘도 난 나의 모습에 놀라고 있다.
변해 간다는 건 때론 무서운 일이다.
이 변화에 너무 깊이 빠져 가는 것이 두렵기도 하다.

초행길을 나서는 사람처럼
조심조심 내딛어야 할 걸음걸이가
바쁘게만 느껴지고,
나도 모르는 사이에
거침없이 달리고 있구나 하는 생각이 든다.

처음엔 주위도 살피고
행여 낭떠러지가 있을까 노심초사했었는데
어제를 뒤돌아본 나의 모습은
눈을 가리고 그저 떨어지는 채찍에
갈기가 휘날리도록 달려가는
한 마리의 말과 같은 모습이었다.

하지만 이젠 두렵지 않아.

앞길에 낭떠러지가 펼쳐져 있대도

누군가 마음의 무게로

나의 고삐를 잡아당겨 줄 것을 믿으니 …

고마워 그리고 사랑해

아직 내가 쥐고 있는 건 기다림밖에 없지만

기쁜 맨자구

웬만하다. 이젠.
지금은.

이제는 밝게 웃으련다.
눈물보단 웃음이 낫다.
슬픔보다 기쁨이 낫다.

맨자구라도 좋다.
슬픈 안 맨자구보다
기쁜 맨자구가 좋다.

앞으로는

아직은 어수선한 마음이지만
나도 목석은 아닌가 보다.
더 신기한 건
마음이 참 편안해졌다.

역시 난 웃고 있을 수 있어서 좋아

오늘 아침 도착한 문자
아주 당연하다 느끼면서도
참 좋았다

이제 네 앞에서 늘 웃고 싶어졌어
힘들면 위로받을 수도 있겠지
마음껏

힘들었던 만큼
더 즐겁고 좋았으면 좋겠다.
앞으로는

친구야

항상 밝고 건강한 나의 사랑하는 친구야
언제나 나를 생각해 주며
나 또한 우정을 변치 않게 쌓아가도록
작은 소원을 빌어 본다.

작은 별님과
애틋한 달님과
넓고 넓은 따스한 품속같이 파고들고 싶은
　깊은 하늘을
바라보며
나의 사랑하는 친구야
안녕

봄

봄이구나
날씨가 너무 따뜻하다.

봄 하니까 캠퍼스의 벚꽃이 제일 먼저 생각난다.
하얀 눈처럼 보이던
209호에서 보던
하얀 봄이..

새싹이 나는 날까지

마음속에 감추려고 하는
아직 많은 껍데기가 있다.
마지막 하나의 껍데기가 다 벗겨질 때까지
아직 얼마나 많은 시련을 겪어야 하는지

부서지는 그리고 깨어지는 자만이
진정한 삶을 얻으리라 믿어본다.

그 무너진 잿더미 속에서도
새싹은 돋기 마련이니까

무너져야
아주 작은 먼지처럼 산산조각 나야
말이다.

너희들과의 추억

등산하고, 밤 새워 떠들고
다음 날 놀이동산에서 신나게 놀고
하지만 월요일 날 하나도 피곤하지 않았지
함께 있어 좋은 사람과는
절대 피곤해지지 않는다는 걸 느꼈어

불 꺼진 방에 들어설 때마다
참 기분이 가라앉곤 했었는데
이젠 너희들과 함께 찍은 사진이 있어서 참 좋다.
마치 그날처럼
우리 모두 함께 있는 것 같아

이 사진들을 들여다보면서
자꾸만 자꾸만 이야기한다.

"우리 호호할머니 될 때까지 오래오래 사랑하자."고

어쩌면

그렇지 않기를 바라지만
어쩌면
나는 이기적일지도 모른다.

그런 나를 조금은 느끼고 있던 내게
깊이 있게 다가왔던 말이 있다.

즐거움의 조건은
상대방의 입장에서 생각해야 한다는 것
내가 기분이 좋아지고 싶으면
남을 배려하라는 것이다.

어쩌면
나는 정말 이기적일지도 모른다.

노란 나

연두색은 좋아
풋풋해
봄을 느낄 수 있어

하늘색은 좋아
신선해
하늘을, 미래를 느낄 수 있어

노란색이 참 좋아
친근하고, 자연스럽진 않지만
늘 새롭고 상큼하고
활기차
나를 느낄 수 있어

지갑

지갑을 잃어버렸다.

금방이라도 찾을 수 있을 것 같다.
전혀 가능성이 없는 가방까지 뒤져 본다.
핸드폰을 잃어버렸을 때처럼
전화하면 찾을 수 있을 것 같은 착각

카드 분실신고를 하면서도
다시 취소할 수 있을 것 같다.

끝내
허탈하다.

게으른 병

게으름
이것은 나의 병이다.

나만이 할 수 있는 크고 작은 일들이
나의 이 게으른 병으로 인해
사라져 가고
그로 인해
나의 인생은 어두운 가시밭길이 된다.

게으름
이것은 나의 버릇이다.

나는 깨우쳤고
고치려 하지만
그러하기에도 너무 게으르다.

튜산에서

여기는 Tucson이다.

미국!

대구의 3~4배나 된다고 한다.

넓어도 건물이 띄엄띄엄 있고

교통도 많이 막히거나 하지 않아

이곳저곳 금방 갈 수 있어서

조금 지나니까 그다지 넓은지 모르겠다.

길에는 온통 선인장이다.

동그란 선인장

키 큰 선인장

쬐끄만한 선인장

건물은 높아 봐야 3~4층이고

거의 다 1층이다.

높은 건물이 없으니깐 저 멀리까지도 다 보인다.
동, 서, 남, 북에 큰 산이 하나씩 있다.
산 아래 부분에는 동네가 모여 있다.

여기는 아파트다.
3층짜리 아파트
나는 1층
높을수록 비싸다.

여기는 뭐 하나 살래도
차 타고 가야 한다.
차가 발이다.

오늘 아침 뉴스에 한국이 나왔다.
아주 짧게
어쩌다 잠수함이 넘어왔는데도
모르고들 있었는지 …

오늘도 파이팅

이 늦은 밤중에도 기차가 달리고
이른 새벽에도 땀을 흘리시는 이들이 있다.
남들 다 잠든 시간에 ……

이젠 우리들 차례다.
그 분들만큼
정말 열심히 깨어 있는 시간을 꾸며야겠다.

평탄친 않지만
다시 일어설 수 있는 용기로
오늘도
파이팅이다.

내가 너에게…

To me from one

오늘 아침 내가 행복했던 이유는
너를 생각하다 잠이 들었고
꿈속에서 너의 웃는 모습을 보며
눈을 떴다는 것이다.
그리고 나의 몸 어느 한 곳을 통해
나를 전율케 하는 아름다움을
뭐라고 할까?
그래 바로 '소리'
그건 바로 빗방울 떨어지는 소리였다.
오늘 아침 나의 잠을 깨운 건
어쩌면 빗소리일지도 모르겠다.

희뿌연 물안개를 뚫고
나를 향해 달려드는 세상 풍경들이
모두가 다 아름답고 사랑이 가득해 보인다.

어쩌면 난 지금 너를 향한 색안경을 쓴 것이 아니라
세상의 모든 것들에 대한 색안경을 꼈을는지도

더 이상 찌푸린 하늘은 내게 우울함이 아니다.
아스팔트에 부딪혀 튀어 오르는
안개 같은 작은 빗방울조차 이젠 볼 수 있다.
은행나무 줄기를 타고 흐르는 물방울을 보며
가을에 노란 은행잎을 떠올릴 수 있다.
새삼스레,
사랑이란 게 얼마나 위대한 것인지를 느낀다.

'사랑'
그건 세상이 살아 있고
인간이 살아가는 이유일지도
아무리 잘난 척 해봐도 결국 귀결은
하나님이 인간을 사랑하기 때문에
오늘은 살아 있는 것일 뿐이다.

그리고 피었다 지는 들풀 같은 목숨이
남아 있다 하더라도
숨 쉬기를 멈추기까지
그 하나님의 사랑에 녹아지기만 하면
살아가면서 느끼는 하나님의 사랑보다
더 큰 사랑을 느낄 수 있다.

세상을 보는 아름다운 눈을
잠시나마 가질 수 있다는 게 행복하다.
물론, 널 사랑하는 것에 비하면
보잘것없는 행복이지만

아직 느껴지지는 않지만
그보다 더 큰 행복이 있겠지
내가 사랑하는 그 사람이 나를 사랑해 줄 때 말이다.

주인을 찾지 못하고
이제 닷새 지난 튤립이 조금은 예쁜 맛을 잃었지만
내가 처음 꽃병에 꽂았던 날보다 더 자란 것 같다.
또한 너를 향한 내 마음도 자라는 것 같다.

오늘은 행복해야 돼!   비록 하늘은 흐리지만..
말로 하기는 힘들지만,
              사 랑 해

To one from me

내 마음이
자주 뒤죽박죽이 되어 버렸다.
많이 힘들었었다.
날 위로하기 위해 나에게 편지도 쓰고
혼자 그저 멍하니 앉아 하루 종일 있기도 했다.

이러던 내가
휘파람을 삼키며 다가갔다.
벅찬 미소를 참기 힘들었지만 그냥 작게 웃으며
옆에 가서 앉았다. 그리고는 ……
편지를 주었다.

그 사람의 표정을 살폈다.
의외로 무덤덤했다.
많이 기뻐할 줄 알았는데 오히려 조용했다.
무슨 생각을 했을까?

기분이 어떠냐는 나의 물음에
저 앞에 있는 다리에서 뛰어내리고 싶다고 한다.
이젠 날개가 있어서 날 수 있을 것 같다며

이렇게 너와 난 반쪽 아닌 나눔을 하게 되었다.

사랑에 절어
그리움에 절어
오늘도 너를 생각한다.

가슴 저리도록 사랑하는 사람
예전엔 알지 못했던 이런 허전함을
내게 느끼게 하는 사람

내 마음을 이렇게 사로잡은 그 사람에게 감사한다.
내 사랑은 요즘 점점 자꾸만 커지는 것 같다.

참 신기하다.
내가 이렇게 변했다는 사실이

하지만 변하지 않을 수 있다는 것이

창밖에 빗소리가 들리면
생각나는 구절

그래서
생각나는 사람

그럴 때
보고 싶은 사람

이젠
함께
세상을 채워 나간다.

사랑으로

유채의 고백

나를 보내소서

"복음은 암흑세계에 빛이 되는 것이다.
 복음은 뿌리에서 시작되는 것이다."

너가 보고 싶다. 진정으로
항상 널 그리고 있다.
이런 말 전엔 했었지만 이제 난 하지 못한다.
왜냐면 이젠 내게 자존심을 지켜야 하니까
너에게 내 자존심은 짓밟혔지만
이젠 ……

행복이란 건 그런건가 보다.
날 빗겨가는 그 순발력!
그것이 행복인가 보다.

매일 다투고 우린 그렇게 지냈지.
난 정말 널 사랑하는 걸까 하고

날 의심했고
널 의심하고 두려워했다.

기쁨보다 슬픔을
　행복보다 고통을 준 것 같구나.

봉사?
난 잘 몰라.
단지 네 옆에 있고 싶을 뿐인데

별을 닮은 친구

까만 하늘 박혔던 별들이
하나 둘 떨어지던 날

그땐 더 넓었던 비행장 활주로에서
우린 그 별똥들을 보았다.

하늘을 가로질러 크나큰 대로를 만들던
아직도 생생한 별들의 반란

수백 개의 별들이 하늘을 태웠다.
보지 못했었다면 믿지 못했을 광경

별이 떨어지는 곳을 찾아
자전거를 달렸었다.
활주로 끝까지
하늘 끝까지 가겠다고

어린 시절
내겐 다시없는 추억을 만들어 준

한밤중의 소동

너무도 아름답기만 한 추억

아름답다는 말밖에는 달리 표현이 없다.

내게 이런 아름다움을 안겨 준 친구

이런 아름다움을 지닌 친구

늘 나를 깨우쳐 주는 소박한 친구

왕 · 미 · 경

오늘 같이 하늘이 까만 밤

별이 더 빛날 때면

너무도 보고 싶다.

비오면 서 있는 채로

연화랑 있다.

여기는 '비오면 서 있는 채로'라는 커피숍이다.

비가 오는데도 맞으면서 서 있는 걸까?

무슨 일이 있길래 비가 와도 맞고 서 있을까?

비가 와도 말이다.

억수같이 오는데도 서 있을까?

간판이 노란색이다.

연화가 더 예뻐졌다.

웃음.

연화가 웃고 있다.

여전히 순수하고 맑게

너무 보기 좋다

조금 힘겨워 보이긴 하나 여전히 맑아 보인다.

아직 때 묻지 않은 소녀 같은 친구

생각이 깊은 친구

그래서 서글퍼 보이기도 한 친구

연화야!
오랜만이라서 그런지 이름이 참 이쁘다.

보슬비라면 맞을 텐데
알고 보면
'비 오면 우산 밑에 서 있는 채로'의 줄인 말일지도

바깥 날씨가 참 좋다.
비는 오지 않는다.

오늘. 이란 하루가 좋다.
연화랑 있어서 더욱

사랑의 천사

축제도 마치고
이젠 기말고사도 치고
이상하기만 하던 5월이 가고
6월이 덥썩 우리 앞에 있다.

이런 생각을 한다.
사람은 정말 아무것도 아닌 일에 잘 기분 나빠하고,
아무것도 아닌 일에 무지무지 기뻐하는 것 같다.

작은 일 하나로 자기 혼자 안 좋은 기분을 느끼고
그러다가도
아주 사소한 일에 무지 뛸 듯 기뻐지는 것

그런 게 친구 관계인 것 같다.

내게 그런 기분을 느끼게 했던 친구가 있다.

그래도 생각해 보면 내 곁에서 늘 웃고 있었던
항상 언니 같은 포근함을 느끼게 하며

나를 안아 주던
편하기 그지없는 내 친구 **현숙**이

편안한 반지 같은 친구
너
계속 끼고 있어서
어쩌면 존재감을 모르다가도
손에 만져지면
가끔씩 눈에 띄면
만지작거리며 흐뭇하고 행복해지는
나

늘 넘치는 사랑으로
내게 사랑을 가르쳐 주는
사랑의 천사

네가 있어
늘 행복해

고마운 친구

6년 전의 나의 생일날

아마도 아침에 집에서 나올 때
약간의 두근거리는 가슴으로 나섰을 것이다.

"생일 축하해. 진심으로"
귀에 따갑도록 축하를 받으며 입이 벌어졌으리라며
한 친구에게서 소중한 비밀장을 하나 받았다.

기억나니 미영아?

서투른 만남으로 시작했었는데
우리 우정도 벌써 이만큼이다.

이젠 우리도 훌쩍 커 버렸구나.
그땐 참 순수했는데
하지만 네 말대로
어른이 된다고 해서 나쁜 것에 물들 필요는
없으니까

머지않아 너의 생일이다.

나도 네가 질리도록 축하해 주고 싶다.

고맙다

친구야

그리고 사랑해

클래식 친구

검은 꽃과 하얀 꽃이
파르르 웃고 있다.
장단에 맞추어. 리듬에 맞추어.
미소에 맞추어.
노래도 하고 춤도 추고
향기도 풍긴다.

이런 피아노 소리보다
더 아름다운
친구가 있다.

미소도, 노래도,
속삭임도.
그리고
마음도
더 아름다운

은은한 클래식만큼이나

부드럽고 자상한 너
젓가락 행진곡 소리가
들려오면
언제나 생각나는 친구 **선주**

불현듯 찾아가 함께 밤을 새우며
너의 피아노 반주에 맞추어 노래도 불러 보고
즐거웠던, 힘들었던 너의 대학 생활을 들었지
커피숍에 앉아
모래사장을 거니는 사람들을 보기도 하고
오락실에 들어가 정신없이 게임을 했던 기억들

너무도 향긋하고 짜릿했던 나의 소중한 기억

손가락으로 박자를 맞추며
고개를 끄덕이며
오늘도
엷은 미소와 함께
너를 생각한다.

너의 생일

벌써 2시간 17분이나 지나 버린 어제.
나의 사랑하는 소중한 친구 **영미**의
　스물을 넘긴 첫 번째 생일이었다.

영미야 생일 축하한다 무지 많이
너의 생일.
21살의 너의 시작을 멋지게 맞아 주고 싶었는데
결국 넌 20의 마지막 날을 어슴푸레 장식하고
21의 첫날을 매우 조심스레 시작했구나.
뿌연 안개가 걷히면
향긋한 산내음과 함께 맑은 호수가 펼쳐지듯이
연하게 시작한 처음이지만
21의 앞길은 맑고 화창하리라 믿는다.
그리 곱상하지도 좋지도 않은
어쩌면 형식상일지도 모를 몇 가지를 네게 건넨다.
그래도 뭔가 네게 남기고 싶어서
내 마음 추슬러 몇 자로 옮겨 본다.

다시 한 번
생일
진심으로 축하한다.

영미하면 가장 먼저 떠오르는 것
향기랄까.
내게 있어

나의 대학 생활 첫길에서
날 잡아 끌던 아이
그래서 내 좋은 친구로 내가 먼저 선택했던 너

여태까지의 나의 이만큼에 후회를 주지 않은 벗
오히려 내게 말없이 채찍과 용기를 주었던 친구

지나친 혼자만의 외로운 너의 생각으로 인해
나로 하여금 엉뚱한 생각을 하게 했던 넌
나로 하여 약간을 거리를 느끼게 하더니
역시 결국은 그 거리조차 상관치 않게 된 우리

왠지 모를 어색함에 날 당황하게 만들고는
그 어색함에 말조차 건네기 힘들었던 것이
어쩌면 너와의 우정 방법이었는지도

이제는 작은 허물도 어찌할 수 없는 우리 사이에서
작은 미소와 함께 난 행복함을 느낀다.
너란 친구가 있다는 이유 하나만으로

덕분에 내가 요즘 이래

너의 웃음소리만 유독 크게 들려
내 귀엔

사람들의 웅성거림에 파묻혀 혹 들리지 않을까 싶어
괜히 크게 소리 내어 웃어 보기도 하고
수업시간 니가 내 뒤쪽에 앉아 있어도
나도 모르게 자꾸 눈길이 간다.
뒤를 돌아보면 혹 들키지나 않을까 싶어
그냥 눈동자만 돌려본다.

참 우울하고 울적할 때가 있어.
누구와도 그리 말도 하기 싫고
이유도 없이 힘이 빠지고
걱정스레 물어 오는 주위 사람들도
신경조차 쓰이지 않아.

그런데 참 이상하지.
너의 모습만 보여도 힘이 나고

네가 날 쳐다만 보아도 미소가 지어지고
기분이 괜찮아져
거짓말 같이

다른 사람에게
신경 쓸 여유조차 없다는 것까지도 모르겠어

지숙아!
덕분에
내가 요즘 이래

넌
참
날 많이 닮았어
컴퓨터실에서 심하게 다툰 날
그땐 정말 서로 심했지만
이제와 생각해 보면 그것도 너무 좋은 추억이다.

추억을 위해 싸우는 것은 좋지 않지만

그런 추억 하나쯤 가지고 있다는 것이 가슴 벅차다.

술잔을 기울이면 언제나 너의 생각이 난다.
늘 보고 싶다. 지숙아
곁에 있어도

종민에게

10여 년 전의 어느 날

한 가정에서
우렁찬 울음소리와 함께
세상의 빛을 받은
한 아이가 태어났다.

눈과 비, 하늘의 해와 달 그리고 별
이들을 알기 위해 애쓰는 가운데
그는 어느덧 소년이 되었다.
이제는 소년답기 위해서
그는 사과와 배를 가져다 놓고는
그것을 먹었다.

세월은 또 흘렀겠지.

언젠가 그는 벌써 웃고 있었다.
그러던 중 그는 눈에 눈물을 보였다.

이로써 기쁨과 슬픔을 알게 되었고
감정을 지닌 평범한 청소년으로 자라났다.

그는 친구들의 의미를 되새기면서
학교생활에 충실했고,
그의 영혼을 위해 그의 몸을 버렸다.
그는 많은 역경과 고난 속에서 슬기를 배우고
많은 고독과 고생 속에서 오래 참음을 배웠겠지

그리고
지금도 그는 그 무언가를 위하여
작으나마 헛기침을 할 것이다.

이러한 그의 생애에
나는 약간의 잔잔한 미소를 띄워 본다.

뜬금없는 미소

그저 아무 생각 없이
나도 모르게 그늘을 드리우고
거리를 걷다가
밝은 목소리에 뒤를 돌아
환한 미소 띤 얼굴을 마주치면
나도 모르게 함박웃음이 쏟아진다.

무료한 하루를 보내다
상큼하고 기분 좋은
문자를 받으면
스르르 입가가 올라간다.

뜬금없이 전화해서
안부를 묻는다.
그저 잘 지내냐고
어떠냐고 하며
일상을 묻고

지난 즐거웠던 추억들과
현재로의 이야기들을
주고받으며
목소리가 멀어진다.

끊어진 전화기를 챙기며
다시 한 번
환한 미소가 지어진다.

이제는
그저 조용한 날에
먼저 생각이 난다.

용일이의 미소가
글귀가
그리고 목소리가

그 생각만으로도
미소가 떠오른다.

그런 친구

친구야.
찾아가고픈 친구야
안겨 울고픈 친구야

고민을 털어놓고 싶은 친구
내 눈물 보여 주고픈 친구
포근함을 느끼는 친구
날 위해 주면서도 객관적으로 판단하는 친구
정말 진실하다고 느낄 수 있는 친구
언제 어디서나 반가운 친구
보기만 해도 편한 친구

내 친구들을 하나씩 꼽아 본다.

밝지만 그것이 두려워 보이는 아이
내가 다가가기엔 왠지 어색한 아이
새침떼기 같은 아이

고민이 많은 아이. 사소한 것부터
　그래서 내 고민을 담을 곳이 없을 것 같은
엉뚱해 보이지만 괜찮은 아이
　하지만 바빠 보이는 아이

내 소중한 친구들
밝게 웃는 것 보다 왠지 더 슬픈 얘기 하고 픈
그런 친구가 있다.

소중한 친구

편지로 시작된 우리의 만남이
그리 멀지 않게 느껴진다.

참 이상하다.
왠지 모르게 자연스러워진 것 같은 우리 사이
나만 그런지 몰라도
서로 너무 서먹한 것 같기도 하고
연락도 더디고
이것이 당연해진 것 같은

그래도 다행스러운 건
우리의 추억 결코 그냥 묻어지진 않을 거라는 확신
같이 신나게 웃던 일
같이 잠들며 지새우며 맞이한 아침
남들의 이목도 중요치 않으리 만큼
소중했던 우리의 우정
사소했던 많은 갈등, 다툼

때론 심각하게 나누었던 이야기들
아직도 생생한 우리의 그 때
지금이 오히려 어색하고 이상하다.

우리 또 언제
예전 같은 그런 애틋한 우리만의 시간을
가질 수 있을지

가끔이나마 만나는 모습이 항상
웃는 모습이었으면 좋겠는데
만나면 일부러 더 크게, 더 환하게 웃으려다가도
혹 그러지 못하는 때도 있어 나도 안타깝고

지금은 서로 다른 곳에 있지만
각자의 자리에서 자신의 자리를 지키며
가끔이라도 서로를 생각하며
더욱 열심히 할 수 있었으면 좋다.
무엇이든

늘 좋은 일이 우리 주위에 넘쳐나길
하나님께 기도드린다.

나의 지금까지의 인생이 정말 아깝지 않을
소중한 친구야

내 나름대로의 사랑

초판인쇄 | 2009년 3월 2일
초판발행 | 2009년 3월 2일

지은이 | 이경은
펴낸이 | 채종준
펴낸곳 | 한국학술정보㈜
주 소 | 경기도 파주시 교하읍 문발리 513-5 파주출판문화정보산업단지
전 화 | 031) 908-3181(대표)
팩 스 | 031) 908-3189
홈페이지 | http://www.kstudy.com
E-mail | 출판사업부 publish@kstudy.com

등 록 20,000원
가 격

ISBN 978-89-534-1312-2 03800 (Paper Book)
　　　 978-89-534-1313-9 08800 (e-Book)